ŒUVRES
POÉTIQUES
De Chauvin.

Trois Romances Militaires.

PARIS.

1825.

ŒUVRES

POÉTIQUES

De Chauvin.

IMPRIMERIE DE GAULTIER-LAGUIONIE,

HÔTEL DES FERMES.

ŒUVRES

POÉTIQUES

De Chauvin.

Trois Romances Militaires.

PARIS.

1825.

Les Amours

De Chauvin et de la belle Janneton.

Air : *de la Complainte de Jausion.*

Vous connaissèz pas les belles,

C'est moi que jé vous lé dis. -

J'vas vous faire lé recit,

Ment qu'l'on s'y prend aveuc elles;

Vous verrez de la façon

Qu' l'on fait uné passion.

J'étais t'à la prômènade,

J'avais lâché les amis

Et je leur z'y avais dit,

Laissez-moi seul, camarades,

Car jé mé sens, dans cé jour,

Une idée dessur l'amour.

J'vis t'une particuyère,

Qu'était mise, on né peut mieux,

D'un superbe schal... boiteux,

D'un chapeau à la bergère,

Les mains prop',... finalément,

Sus un ton bien élégant.

Jé lui dis : « Madémoiselle,

Paraît qu' vous vous prômenez...? »

— Oui..., mosieur...; comm' vous voyez : ..

Et... vous même... me dit-elle?...

Moi... jé mé prôméne aussi..

Madémoiselle.. que j'lui dis.

Y fait aujord'hui, la belle,

Que j' dis, un bien fameux temps...

Oui,... qu'à dit, en sourissant...

« C'est un tems dé démoiselle,

« Car... jé vois qu'en cé moment

« Y n'fait ni soleil, ni vent. »

Voulez-vous, que j'dis, la belle

Vous en vénir aveuc moi ?

Jé connais la bonne endroit,

Lé grand turque, qu'on appelle ;

On mange, en cé restaurant,

Des tripp' à la mod' de Caen.

Rien dé célà nè mé touche,

Vous né mé connoissez pas.

Jé n'aime pas les répas ;...

Jé ne suis pas sus ma bouche ;

Et quand jé fais t'un amant,

C'est que pour le sentiment...

Pourroit-on, madémoiselle,

Savoir votre pétit nom ?...

— Jé mé nomme Janneton...

Et vous... ment qu'l'on vous appelle?...

Moi... jé m'appelle Chauvin,

Mon nom rime avec du vin...

C'canembourg la fit surire,

Quand jé vis qu'elle en tenait,

La conduis dans n'un bosquet

Lui disant : nous vons bien rire...

Car jé suis t'un bon enfant

Qué vous aurez d'l'agrément.

Quand jé fus t'assis près d'elle

Jé la vis qu'ell' pâlissait;

N'ayez pas d'peur, mon poulet...

Jé n'ai pas d'peur, me dit-elle,

Je n'sais pas d'où ça prévient,

Mais... je né mé sens pas bien.

Ous que vous sentez vot' male?

Avez vous quelque bésoin?...

J'vous r'mercie, mosieur Chauvin,

M'dit ell', d'une aire amicale,...

Mais jé mé sens... comme un poids...

Dans lé creux de l'estômâc.

Pour lors en penchant la tête,

V'là qu'il lui prend un n'hoquet...

Si fort qu'elle en suffloquait.

Dans mes bras elle se jette;...

Elle avait l'air de souffrir

Comm'si qu'elle allait s'périr.

Finalément dé la belle,

Le mal de cœur abouttit

Qué j'en eus plein mon habit...

Ce n'est rien... que j'dis mam'zelle,

C'est un pétit accident,

Que j'suis sujet bien souvent.

Moi, qui jamais ne s'embête,

Je profite du moment...

Jé l'embrasse tendrément...
En lui souténant la tête,
Car, en fait dé sentiment
Je suis trés entréprénant...

Voilà lé récit fidèle
Dé ma premiere amour.
Dupuis cé fortuné jour
C'est moi qui parle avec elle.
Tant plus nous nous connaîssons,
Et tant plus nous nous aîmons.

L'amoureux sergent.

Air : (*)

Mes chers parents ne plurez plus,

Je raviens de la guerre :

Dupuis que je n'vous ai pas vus

J'ai eu mon sort propospère,

Jé suis borgne.... mais j'suis sergent,

Un œil c'est assez suffisant;...

Ous qu'est celle qu'elle a mon cœur ⎰ *Bis.*

Qué jé lui fasse son bonheur ? ⎱

Toujours sincére à mes amours

Aprés bien des tempêtres

(*) M. Amédée de Beauplan a fait l'air de cette chanson, il se vend chez Gaveau, passage Feideau.

Mé voici, pour couler mes jours,

  Aveucque mes ancêtres,

Jé suis manchot... mais j'suis sergent.

Un bras c'est assez suffisant...

Ous qu'est celle qu'elle a mon cœur, ⎱ *Bis.*

  Que jé lui fasse son bonheur ? ⎰

N'en a qui n'ont ben du malheur !!!

  Dans l'état mélitaire,

Moi, j'ai toujours été vainqueur,

En amour comme en guerre.

J'ai pus qu'un pié... mais j'suis sergent,

Un pié c'est assez suffisant...

Ous qu'est celle qu'elle a mon cœur ⎱ *Bis.*

  Que jé lui fasse son bonheur ? ⎰

  Quoique jé soie dépareillé,

  Jé mé porte à merveille

J'ai pus qu'un œil, qu'un bras, qu'un pié,

  Mais j'ai mes deux oreilles,...

Deux oreill' et l'grade d'sergent,

En ménag' c'est ben suffisant...

Ousqu'est celle qu'elle a mon cœur

Que jé lui fasse son bonheur ?
} *Bis.*

Un coup que j'va t'êt' marié

A l'objet dé ma flamme ,

L'on va m'appeler la moitié

Dé ma charmanté femme ;

J'suis invalid'... mais j'suis sergent ;

C'qui m' reste est assez suffisant...

Ous qu'est celle qu'elle a mon cœur,

Que jé lui fasse son bonheur ?
} *Bis.*

Les Désagréments
De l'Amour.

A Genn'villiers lui ya de belles filles (*Bis*) :
Lui y én a t'une si parfaite en beauté,
Qu'elle a charmé tambour et guernadier.

Beau guernadier, mène moi dans ta chambre (*Bis*).
Oui dans ma chambe jé té ménérai ;
Une anneau d'ore jé té donnerai.

Son aut' amant qu'est à la porte qu'écoute (*Bis*),
Frappant du pié, lévant les yeux aux cieux,
Dit : Ah mon dieu qué jé suis malheureux !

(*) Les trois premiers couplets ne sont pas de Chauvin.

J'ai ben envie de lui donner des claques (*Bis*);

Mais elle est femme, jé respecterai

Son sesque, à l'homme je m'adresserai.

Sur le terrain attendit son rivale (*Bis*),

Et dans le vent' son sab' lui a passé,

Si bien passé qu'il en a trépassé.

Pour lors la fill', qui crie comme un aveugle (*Bis*),

Dit : Jé né puis que me j'ter dans n'un puits,

Puis qu'mon ami est pour jamé détruit.

MORALITÉ.

Belles beautés, c'est bien ce qu'il fait voire (*Bis*),

Qu's'il est hureux d'avoir deux amoureux,

Il faut d'eux deux sé cacher un peu mieux.

FINAM.

Chauvin composa-
vite.

La Païse,

Dialogue de Deshuet et de Chauvin.

Air : *Tout le long, le long de la rivière.*

DESHUET.　　Té voilà donc mon fils Chauvin;

Veux-tu payer z'un verr' de vin?

Pourquoi que t'as l'aire si trisse,

L'on dirait que t'as la jaunisse...

Dupuis que nous nous ons pas vus,

T'ès sangé qu'je n'te r'connais pus.

CHAUVIN.　　Jé suis sangé, rapport à ma bêtise..

Que j'mai pas assez méfié de la païse...

Que j'mai pas méfié de la païse.

CHAUVIN.　　Tu connais bien Jeanne Merloux,

La fille au perrutier d'chez nous,

A mon arrivèe z'à Mézière,

J'rencontre la particuyère

Qui m'invite de l'aller voir :...

J'y alla le lend'main z'au soir...

Mais j'n'en reviens pas encor de ma bêtise

De m'êt' pas assez méfié de la païse,

De m'êt' pas méfié de la païse.

Elle était logée z'au prémier,

Dans une maison à portier.

Elle avait un' superb' commode

Un beau ségrétaire à la mode,

Un fameux lit de camélot,

Enfin, nippée bien comme y faut.

A voir le ton sus quoi qu'elle était mise,

J'm'aurais dû pûtôt méfier de la païse.

J''maurais dû méfier de la païse.

A m'dit : tu vois que j'ai de quoi,

Veux-tu demeurer z'avec moi?

Moi qui vois qué la place est bonne

A la fréquenter je m'adonne :...

J'lui porte toutes mes effets...

Elle eut bientôt fait ses paquets!!

Et j'ai perdu ma dernière chemise,

Parc'que je m'ai pas méfié de la païse,

Je m'ai pas méfié de la païse.

DESNUET.   Quoi c'est ça qui t'fait du chagrin?

Jé ne r'connais pas l'a Chauvin.

Pour t'oter ça de la mémoire,

Avecque moi viens-toi z'en boire...

CHAUVIN.   Mais tu né comprends donc pas rien...

Jé né peux pas boire de vin!...

Combien de fois faudra t'y que j'te dise

Que j' m'ai pas assez méfié de la païse,

Que j'mai pas méfié de la païse.

DE L'IMPRIMERIE DE GAULTIER-LAGUIONIE,

HÔTEL DES FERMES.

www.ingramcontent.com/pod-product-compliance
Ingram Content Group UK Ltd.
Pitfield, Milton Keynes, MK11 3LW, UK
UKHW022345170726
13837UKWH00005BA/2438

9 782329 162638